KB017199

파리에서의 정사 · 쥘 삼촌 · 아버지 · 몽생미셸의 전설

파리에서의 정사 · 쥘 삼촌 · 아버지 · 몽생미셸의 전설

차례

파리에서의 정사

여인에게 호기심보다 예민한 감정이 또 있을까? 오! 꿈꾸던 것을 알게 되고, 친숙해지고, 직접 만져본다는 것! 그것을 위해서라면 무슨 짓인들 하지 않겠는가? 도저히 견딜 수 없는 호기심이 한번 발동하면 어떤 여인이든 온갖 미친 짓과 경솔한 짓을 저지르며, 홀연히 대담해져서 그 무엇 앞에서도 물러서지 않는다. 내 이야기는 정녕 여성스러운 여인, 즉 외관상으로는 분별 있고 냉정해 보이지만 실제로는 그 정신이 은밀히 삼중으로 형성된 여인에 관한 것이다. 그중 하나는 언제나 가만있지 못하는 여성적 불안으로 가득 차 있고, 다른 하나는 독실한 신자의 계략, 즉 궤변적이고 무시무시하되 선의로 가장한 음모로 채워져 있다. 그리고 나머지 하나는 바보처럼 귀가 얇은 남자들은 자살로 몰아가지만 다른 남자들은 황홀하게 넋을 잃게 하는 특성, 즉 매혹적인 상스러움, 우아한 속임수, 달콤한 배신, 그리고 온갖 사악한 성질들로 채워져 있다.

지금부터 내가 얘기하고자 하는 사건의 주인공은 아담한 시골 여인으로, 그때까지 평범하고 정숙했던 사람이다. 그녀의 삶은 겉보기에 평온했고, 항상 바쁜 남편과 나무랄 데 없이 잘 자라던 두 아이들 사이에서 평화롭게 흘러가고 있었다. 그러나 그녀의 가슴은 충족되지 않은 호기심과 미지의 것에 대한 안달 때문에 항상 살랑거렸다. 생각이 언제나 파리에 가 있었기에 그녀는 사교계 신문을 게걸스럽게 탐독했다. 잡지에 실린 온갖 축제, 의상, 오락 등의 이야기가 그녀의 욕망을 부글부글 끓게 했다. 하지만 그녀는 특히 교묘한 문장으로 반쯤만 베일을 들춰 보여주는, 암시로 가득한 사교계 소식을 신비롭게 받아들이면서 마음으로 동요되었다. 그런 기사는 모든 것을 파괴하는 부정한 쾌락의 지평을 슬며시 보여주는 것이었다.

후미진 시골구석에 사는 그녀에게는 파리가 화려하고 타락한 사치의 절정에 있는 것으로 보였다.

그리하여 머리에 스카프를 감은 채 옆에 벌러덩 누워 잠든 남편의 규칙적인 코고는 소리가 그녀의 몽상을 흔들어 북돋는 기나긴 밤이면, 어두운 밤하늘에 나타나는 커다란 별들처럼 각 신문의 첫 면에 이름이 실리는 유명인사들을 떠올리곤 했다. 그녀는 거의 광증에 가까울 것 같은 그들의 삶을 상상해보았다. 무시무시할 만큼 관능적인 고대의 향연과, 자기는 상상조차 할 수 없을 정도로 복잡하고 세련된 성적 유희가 그들의 방탕한 삶을 이어주고 있을 것 같았다.

파리의 거리들은 인간의 온갖 정염을 빨아들이는 일종의 심연처럼 보였다. 또 집집마다 경이로운 사랑의 신비를 감추고 있는 것이 분명했다.

그런데 자신은 그냥 늙어가고 있다는 생각이 들었다. 삶에 대해 아무것도 경험하지 못한 채 늙어가는 것이다. 자기가 아는 것이라고는 사람들이 흔히 가정의 행복이라고 하는, 끔찍하도록 단조롭고 진부한 일상뿐이었다. 밀폐된 찬장에 갇힌 겨울 과일처럼, 평온한 생활 덕분에 그녀의 용모는 여전히 아리따웠다. 그러나 은밀히 이글거리는 열정이 그녀의 내면을 갉아먹고 부수며 뒤흔들고 있었다. 그 천벌을 받을 도취경을 맛보지 못한 채, 단 한 번만이라도 파도와 같은 파리의 관능에 자신을 몽땅 던져보지 못한 채 자기가 이 세상을 떠나지 않을까, 그녀는 초조하게 생각하곤 했다.

그녀는 오랫동안 참으며 용의주도하게 파리 여행을 준비했다. 구실을 만들어 파리에 사는 친척들이 그녀를 초청하도록 했고, 남편이 그녀와 동행할 수 없는지라 그녀 홀로 떠났다.

파리에 도착하자마자 그녀는 자기가 이틀, 아니 정확히 말하면 이틀 밤을 다른 곳에서 보낼지도 모르겠다고 친척에게 이야기했다. 오래전에 헤어졌던 친구들을 다시 찾았는데, 그들이 파리 교외에 살고 있다는 구실을 생각해낸 것이다.

그런 다음 그녀는 찾아나섰다. 거리마다 헤매면서 살아 있는 악덕, 순위에 드는 타락을 찾아 돌아다녔다. 그렇지 않은 것들은 전혀 눈에 들어오지 않았다. 유명한 카페들을 유심히 살폈고, 매일 아침 중대한 사건을 알리는 경종 또는 사랑의 신호라고 생각되는 〈피가로〉지의 인사란을 샅샅이 읽었다.

그러나 예술가들과 여배우들이 어우러지는, 질탕한 향연의 흔적은 찾을 수 없었다. 음란한 유희가 펼쳐지는 신전이 어디에 있는지, 아무것도 그녀에게 단서를 제공하지 못했다. 그 신전들이 그녀에게는 《천일야화》의 동굴이나 금지된 종교 의식이 은밀히 이루어지던 로마의 지하 납골당처럼 주문 한마디로 굳게 닫히는 것으로 생각되었다.

그녀의 친척들은 평범한 소시민이었기에 그녀를 저명한 사람들에게 소개할 수 없었다. 저명인사들의 숱한 이름만이 그녀의 뇌리에서 맴돌았다. 절망감에 휩싸인 그녀는 이제 돌아갈 수밖에 없다고 생각했다. 바로 그때, 우연이 그녀를 찾아왔다.

어느 날 그녀는 쇼세-당탱 거리를 내려가다가 문득 걸음을 멈추고 일본 골동품을 잔뜩 진열해둔 어느 상점을 물끄러미 바라보게 되었다. 골동품들의 색채가 어찌나 생생한지 그것들을 바라보노라니 눈이 즐거워지는 것 같았다. 그녀는 상아를 깎아 만든 귀여운 익살광대들과, 울긋불긋한 에나멜을 칠한 커다란 도자기 꽃병, 기이한 형상의 청동제 물건들을 하나하나 살펴보고 있었다. 그때 상점 안에서 주인의 목소리가 들려왔다. 그는 키가 작고

똥똥하며 회색 턱수염에 머리가 벗겨진 남자한테 커다란 배불뚝이 도자기 인형을 정중하게 권하고 있었다. 둘도 없는 물건이라 했다. 그런데 상점 주인이 한마디 할 때마다 골동품 애호가의 이름이, 그 유명한 이름이, 보병 나팔수의 신호처럼 그녀의 귀에 쟁쟁하게 울렸다. 다른 손님들도, 젊은 여인이든 멋쟁이 신사든 예의상 신속한 눈짓으로 흘깃거리며 명백히 경의를 표하는 눈길로 그 저명한 문필가를 훔쳐보았다. 그러는 동안에도 문필가는 도자기 인형을 열심히 들여다보고 있었다. 문필가나 도자기 인형 모두 그 생김새가 서로 못지않게 꼴불견이었다. 마치 같은 배에서 나온 두 형제처럼 추했다.

상점 주인이 말했다.

"장 바랭 선생님, 선생님께는 1천 프랑에 드리겠습니다. 저는 겨우 본전을 건지는 것입니다. 다른 분들이라면 1천 5백 프랑은 내셔야 합니다. 하지만 저는 예술을 하시는 고객님을 좋아하기에 특별 가격으로 드리겠습니다. 예술에 종사하시는 분들은 모두 제 상점을 찾으십니다. 장 바랭 선생님, 어제는 뷔낙 선생님께서 커다란 옛날 술잔을 구입하셨습니다. 며칠 전에는 이런 촛대 두 개를 알렉상드르 뒤마 선생님께 팔았습니다. 멋있는 촛대 아닙

니까? 지금 선생님께서 들고 계신 물건을 졸라 선생님께서 보신다면 물건은 즉시 팔릴 것입니다. 바랭 선생님."

문필가는 매우 난처한 듯 머뭇거렸다. 물건이 탐나기는 하나, 가격 때문에 망설이는 것 같았다. 그는 마치 사막 한가운데에 홀로 있는 사람처럼, 다른 사람들의 시선은 전혀 신경 쓰지 않았다.

그녀는 몸을 떨면서도, 문필가를 뚫어지게 바라보며 상점 안으로 들어섰다. 문필가가 잘생겼는지, 멋쟁이인지, 또는 젊은지 따위는 생각할 겨를도 없었다. 장 바랭이, 진짜 장 바랭이 거기에 있었던 것이다!

오랫동안 갈등하고 망설인 끝에 그가 도자기 인형을 테이블에 다시 내려놓았다.

"안 되겠소. 내겐 너무 비싼 가격이오."

그러자 상점 주인이 더욱 열을 올렸다.

"오! 장 바랭 선생님, 너무 비싸다고요? 이런 물건이라면 2천 프랑도 전혀 아깝지 않을 것입니다. 거저나 마찬가지예요."

에나멜 눈을 한 인형을 여전히 바라보며 문필가가 구슬프게 대꾸했다.

"당신의 말씀에는 이의가 없소. 그러나 내게는 과중

한 가격이오." 그러자 대담해진 여인이 앞으로 불쑥 나섰다.

"그 인형을 제게는 얼마에 파시겠어요?"

상인이 놀라며 대답했다.

"1천 5백 프랑입니다, 부인."

"제가 사겠어요."

그 순간까지는 그녀가 상점 안에 들어와 있다는 것조차 눈치채지 못하던 문필가가 그녀 쪽으로 홱 돌아서며 그녀를 머리부터 발끝까지 훑어보았다. 처음에는 구경꾼으로서 약간 무심한 눈으로 바라보다가, 이내 전문가답게 그녀를 구석구석 찬찬히 뜯어보며 감정했다.

그때까지 그녀 내부에 잠들어 있던 불꽃이 문득 활기를 얻어 밝아졌음인지, 그녀는 매력을 한껏 발산하고 있었다. 게다가 1천 5백 프랑이나 하는 골동품을 선뜻 사는 여인은 평범한 여자가 아니다.

그녀는 또한 고혹적인 섬세함마저 보였다. 문필가에게 돌아서며 떨리는 목소리로 말을 건넸다.

"용서하십시오, 선생님. 제가 너무 성급했던 것 같군요. 아직 흥정이 끝나지 않았을지도 모르는데."

그가 가볍게 인사하며 그녀의 말을 받았다.

"이미 끝났습니다, 부인."

그녀는 몹시 감격하며 말했다.

"여하튼 선생님, 오늘이든 나중이든 선생님께서 생각을 바꾸시면 이 골동품을 언제라도 선생님께 넘겨드리겠어요. 이 물건을 몹시 좋아하시는 것 같아 제가 사두는 것입니다."

그가 미소를 지었다. 우쭐해진 기색이 역력했다.

"저를 어떻게 아시죠?"

그가 물었다.

그래서 그녀는 항상 그의 글에 감탄한다고 하면서, 그의 작품들을 주워섬기며 열변을 토했다.

그는 그녀와 이야기를 나누기 위해 진열된 가구 위에 팔꿈치를 괴었다. 그리고는 날카롭게 깊은 시선을 그녀에게 쏟으며, 그녀가 누구인가를 알아내려고 애썼다.

상점 주인은 살아 있는 광고물이 수중에 들어와 있는 것이 만족스러운 듯, 새로운 손님들이 상점 안으로 들어올 때마다 이따금 상점의 다른 쪽 끝에서 큰 소리로 외치곤 했다.

"장 바랭 선생님, 이걸 한번 보세요. 아름답죠?"

그럴 때마다 모든 머리들이 일제히 한곳으로 향했고,

여인은 그토록 유명한 사람과 친근하게 대화를 나누는 자신을 사람들이 바라보고 있다는 사실에 온몸을 부르르 떨며 기뻐했다.

드디어 도취경에 접어들었는지, 그녀는 돌격 명령을 내리려는 장군처럼 대담함이 절정에 달했다.

"선생님. 제게 한 가지 기쁨을, 아주 큰 기쁨을 허락해 주세요. 선생님을 열렬히 찬미하는 한 여인이, 그리고 선생님께서 10분 동안 직접 만나보신 여인이 도자기 인형을 선생님께 바치고자 하니, 그 여인을 추억하시는 뜻으로 물건을 받아주세요."

그는 거절했다. 하지만 그녀는 고집을 꺾지 않았다. 그래도 그는 무척 재미있다는 듯 크게 웃으며 계속 버텼다.

여인이 고집스럽게 그에게 제의했다.

"좋아요! 제가 당장 이 물건을 선생님 댁으로 가지고 가겠어요. 어디에 사시죠?"

그는 끝내 자기 집 주소를 알려주지 않았다. 하지만 여인은 상점 주인에게 물어 주소를 알아냈고, 물건 값을 치르더니 길가에 서 있는 마차를 향해 도망치듯 내달렸다. 문필가도 그녀를 따라잡기 위해 밖으로 달려나갔다.

그는 누구에게 되돌려주어야 하는지조차 모를 선물을 받아야만 하는 지경에 처하고 싶지는 않았다. 그녀가 마차에 뛰어오른 순간, 그가 그녀를 따라잡았다. 그 역시 몸을 날렸다가, 움직이기 시작한 마차에 흔들려 덮치듯 그녀의 위에 쓰러졌다. 이어 그는 매우 짜증이 난 기색으로 그녀 옆자리에 앉았다.

그가 애걸하다시피 만류했으나, 그녀는 꿈쩍도 하지 않았다. 그의 집에 도착하자 그녀가 조건을 제시했다.

"오늘 제가 하자는 대로 응해주신다면 이 물건을 받지 않으시겠다는 선생님의 뜻에 따르겠습니다."

제의가 하도 재미있고 기이해 그는 선뜻 받아들였다.

그녀가 물었다.

"선생님께서 평소 이 시간에 무엇을 하십니까?"

"산책을 합니다."

그는 조금 주저하다가 대답했다.

"그녀가 단호한 어조로 마부에게 소리쳤다.

"블로뉴 숲으로 가요!"

그들은 즉시 출발했다.

숲에서의 산책 도중 안면이 있는 여인들을 만날 때마다 문필가는 그녀에게 여인들의 이름을 모두 말해주어야

했다. 특히 그와 관계를 가진 '부정한 여인들'의 경우 은밀한 특징, 일상생활, 습관, 실내장식, 못된 버릇 등을 상세히 말해주어야 했다.

해가 저물기 시작했다.

"이 시간에는 매일 무얼 하시나요?"

그녀가 물었다.

그가 웃으며 대답했다.

"압생트를 마십니다."

그러자 여인이 정중하게 제의했다.

"그러시면 선생님, 압생트를 마시러 가죠."

그들은 큰길 옆에 있는 홀이 넓은 카페에 들어갔다. 그가 자주 출입하는 카페였다. 그곳에서 우연히 동료 몇 명을 만났다. 그는 동료들을 하나하나 그녀에게 소개했다. 그녀는 기뻐서 미칠 지경이었다. 그리고 그녀의 머리에서는 끊임없이 다음 말이 종소리처럼 울려퍼졌다.

'드디어! 드디어!'

시간이 조금 지난 뒤 그녀가 물었다.

"이제 선생님의 저녁 식사 시간인가요?"

"그렇습니다, 부인."

그가 대답했다.

"그러면 선생님, 저녁 식사나 하시죠."

저녁 식사가 끝나고 비농 카페를 나서면서 그녀가 물었다.

"저녁에는 무얼 하시나요?"

문필가는 그녀를 잠시 뚫어지게 바라보다가 조용히 대답했다.

"경우에 따라 다르지만, 가끔 극장에 갑니다."

"그러시면 선생님, 우리 극장에 가요."

그들은 보드빌 극장으로 들어갔다. 그와 같이 간 덕분에 특별 대우를 받았다. 더구나 2층 전면 관람석에 앉게 되어 모든 관객의 시선을 받았다. 그녀로서는 더할 나위 없는 영광이었다.

공연이 끝나자, 그녀의 손에 정중하게 입을 맞추면서 그가 말했다.

"부인, 이제 제게 남은 일은 즐거운 하루를 보내게 해 주신 부인께 감사하다는 말씀을 드리는 것뿐이군요…."

그녀가 그의 말을 잘랐다.

"매일 밤, 이 시간에는 무얼 하시나요?"

"그야… 그야… 집으로 돌아가죠."

그녀가 웃기 시작했다. 떨리는 웃음소리였다.

"그러면 선생님… 선생님 댁으로 같이 가요."

두 사람은 더 이상 아무 말도 하지 않았다. 그녀는 가끔 부르르 떨었다. 머리부터 발끝까지 전율했다. 도망치고 싶은 욕구와 남아 있고 싶은 욕구가 끊임없이 교차했다. 하지만 그녀의 가슴 깊숙한 곳에는 끝까지 가보자는 굳은 의지가 이미 자리잡고 있었다.

층계를 오르는 동안 그녀는 난간에 매달리다시피 했다. 내면의 동요가 그만큼 격렬했다. 그는 성냥개비 하나를 촛불 삼아 들고 앞장서서 헐떡이며 올라갔다.

침실에 들어서자마자 그녀는 신속히 옷을 벗고 말없이 침대 속으로 미끄러져 들어갔다. 그러고는 벽에 기대어 웅크린 채 기다렸다.

하지만 그녀는 시골 공증인의 합법적인 아내답게 단순했다. 반면, 그는 사치스러운 터키 고관보다 까다로웠다. 두 사람은 서로를 전혀 이해하지 못했다.

그리하여 남자는 잠이 들었다. 밤은 깊어가고, 벽시계의 똑딱거리는 소리만이 정적을 흔들었다. 그녀는 꼼짝도 하지 않고 누워 남편과 함께 보낸 밤들을 생각했다. 그러다가 중국풍 램프에서 발산되는 노란 불빛 아래로 그녀의 옆에 누워 잠든 땅딸막한 남자를 낙담한 심경으로 바라보았다. 똥똥한 남자의 둥그런 배가 가스를 집어넣는 풍선처럼 이불을 들어올리곤 했다. 그는 파이프오르간에서 나는 소리를 내며 코를 골았고, 길게 연장되던 거친 숨소리가 마치 목에 무엇이 걸린 듯 우스꽝스럽게 문득문득 멈췄다. 스무 가닥쯤 되는 머리카락은 그가 쉬는 동안을 틈타 기이하게 곤두서 있었다. 헐벗은 머리통을 감추기 위해 장시간 한곳에 고정되어 있었으니 머리카락들도 지친 것 같았다. 또 반쯤 벌어진 그의 입에서는 한 줄기의 침이 흘러내렸다.

이윽고 닫힌 커튼 사이로 새벽빛이 스며들었다. 그녀는 침대에서 일어나 조용히 옷을 입었다. 문은 벌써 반쯤 열어놓은 상태였다. 그녀가 문고리를 삐걱거리자 남자가 눈을 비비며 잠에서 깨어났다.

그는 잠시 동안 정신을 차리지 못했다. 그러더니 모든 일이 생각났는지 그녀에게 물었다.

"이제 떠나시는 겁니까?"

그녀는 당황해 우뚝 멈춰 섰다. 그러고는 더듬거렸다.

"그래야죠. 날이 밝았어요."

그가 벌떡 일어서며 그녀에게 말했다.

"제 말씀 좀 들어보세요. 이번에는 제가 당신에게 물

어볼 게 있습니다."

그녀는 아무 대꾸도 하지 않았다. 그가 말을 계속했다.

"당신은 어제부터 저를 굉장히 놀라게 했습니다. 왜 그 모든 일을 하신 것인지 솔직히 말씀해주세요. 저는 도무지 영문을 모르겠습니다."

그녀는 처녀처럼 얼굴을 붉히며 그에게 살며시 다가갔다.

"경험해보고 싶었어요… 방탕한 삶을…. 그런데… 그런데 대단한 것은 아니더군요."

그리고 그녀는 도망치듯 방을 나와 계단을 내려온 다음, 거리로 나섰다.

청소부들이 무리 지어 비질을 하고 있었다. 포석이 깔린 인도에서 비질을 하며, 도로변 고랑창으로 오물들을 쓸어내리고 있었다. 풀밭에서 낫질을 하는 사람들처럼 일제히 규칙적인 움직임으로 반원을 그리면서 진창을 밀어내고 있었다. 그녀가 지나는 거리마다 그들이 있었다. 그들 모두 용수철의 힘으로 자동적으로 걸어다니는 조립로봇 같았다.

그녀의 내면에서도 누군가가 쓰레질을 한 것 같았다.

그리하여 그녀의 극도로 팽창된 몽상을 고랑창으로, 하수구 속으로 쓸어 넣어버린 것 같았다.

그녀는 꽁꽁 얼어서 숨을 헐떡이며 친척 집으로 돌아왔다. 그녀의 뇌리에 남은 것이라고는, 새벽 무렵 파리의 거리를 청소하는 빗자루의 움직임에 대한 느낌뿐이었다.

그녀는 자기 방으로 들어가자마자 흐느끼기 시작했다.

쥘 삼촌

흰 수염의 가난한 노인이 우리에게 구걸을 했다. 내 친구 조제프 다브랑쉬는 그에게 5프랑을 주었다. 내가 깜짝 놀라자 그가 말했다.

"저 불쌍한 사람을 보니 옛일이 생각나는군. 자네에게 이야기해주겠네. 줄곧 나를 따라다니는 기억일세. 시작해보지."

나는 르아브르가 고향인데, 우리 집안은 부유하지 못했네. 그럭저럭 살아갈 뿐이었지. 아버지는 사무실에서 일하고 늦게 돌아오셨지만 많이 벌지는 못했어. 내겐 두 누이가 있었다네.

어머니는 우리의 궁색한 살림에 고통을 느끼셨지. 그래서 종종 아버지에게 거슬리는 말과 함께 은근히 비난을 퍼부어댔어. 그럴 때마다 가엾은 아버지가 하던 몸짓은 내 마음을 몹시 아프게 했다네. 아버지는 있지도 않은 땀을 닦는 것처럼 손바닥을 펴 이마를 문지르며 아무 대꾸도 하지 못했지. 나는 무능한 아버지의 고통을 느끼곤 했다네. 식구들은 모든 것에 절약을 했지. 저녁 식사 초대도 받아들인 적이 없었어. 답례를 하지 않으려고 말일세. 생활필수품은 헐값에 파는 재고품을 사서 썼지. 누이들은 옷을 직접 만들어 입었고, 1미터당 15상팀 하는 장식 띠의 값을 놓고 한참이나 실랑이를 벌이곤 했다네. 우리 가족의 일상적인 식사는 고기 수프와 온갖 소스로 조리한 쇠고기가 다였지. 건강에 좋고 원기를 북돋워주는 요리였지만, 나는 다른 식단을 바라곤 했다네.

내가 단추를 잃어버리거나 바지라도 찢어지면 눈뜨고는 볼 수 없는 장면이 벌어지곤 했지.

그러나 일요일마다 우리는 정장을 차려입고 선창을 한 바퀴 돌곤 했어. 아버지는 프록코트를 입고, 커다란 모자를 쓰고, 장갑을 끼고서 축제날의 배처럼 작은 깃발로 장식한 어머니에게 팔을 내밀어주곤 했지. 가장 먼저 준비를 끝낸 누이들은 출발 신호를 기다리고 있었지. 그런데 마지막 순간에 언제나 아버지의 프록코트에서 깜박 잊고 있던 얼룩을 발견하는 거야. 그러면 벤젠에 적신 헝겊으로 그것을 빨리 지우지 않으면 안 되었지.

아버지는 머리에 커다란 모자를 쓴 채 웟도리를 벗고 손질이 끝나기를 기다리셨지. 그동안 어머니는 근시 안경을 조절하며 더럽히지 않으려고 장갑을 벗고는 서둘러 손질을 했다네.

격식을 차리고 출발을 했지. 누이들은 서로 팔짱을 끼고 앞에서 걸어갔어. 누이들이 결혼할 나이가 되어 그런 식으로 도시 사람들에게 선을 보이는 것이었다네. 나는 어머니의 왼쪽에, 아버지는 오른쪽에 자리를 잡았지. 일요일마다 산책길에서 본 가엾은 부모님의 과장된 표정과 준엄한 얼굴, 엄격한 몸가짐 등이 생각나네. 몸을 꼿꼿이 세우고 다리를 뻣뻣하게 내밀면서 마치 아주 중요한 일이 그들의 태도에 달려 있기라도 한 것처럼 무게 있는 걸음으로 앞으로 나아갔다네.

그리고 일요일마다 머나먼 미지의 나라에서 돌아오는 큰 배들을 보면서, 아버지는 늘 똑같은 말을 하셨지.

"어때! 만약 저 배에 쥘이 타고 있다면 얼마나 놀라울까!"

아버지의 동생인 쥘 삼촌은 한때 공포의 대상이었다가 당시는 집안의 유일한 희망이었지. 나는 소년 시절부터 삼촌에 대한 이야기를 들어왔다네. 그래서 대뜸 그를 알아볼 수 있을 것만 같았지. 그만큼 그는 내게 친숙했거든. 나는 그가 미국으로 떠나던 날까지 어떤 삶을 살았는지에 대해 세세한 것을 모두 알고 있었다네. 집안 어른들이 그 이야기를 할 때마다 목소리를 낮추기는 했지만 말일세.

품행이 나빴다는 것 같았어. 무슨 말이냐면, 얼마간의 돈을 낭비했다는 걸세. 가난한 가족들에게는 가장 큰 죄악이었다네. 부잣집에서는 삶을 즐기는 사람에게 '바보 같은 짓'을 한다고만 하지. 그런 사람을 가리킬 때면 웃으면서 방탕아라고 부르거든. 하지만 가난한 집에서 부모 재산에 구멍을 내는 소년은 악동이 되고, 부랑배가 되고, 건달이 되고 말지!

사실 똑같은 거지만 그런 차이가 있는 것은 당연해. 결과만이 행동의 중요성을 결정하기 때문이지.

마침내 쥘 삼촌은 자신의 몫을 마지막 한 푼까지 낭비

하고 나서, 아버지가 기대하고 있던 유산을 현저하게 축내고 말았다네.

당시에 흔히 그랬듯이, 쥘 삼촌을 르아브르에서 뉴욕으로 가는 배에 태워 미국으로 보냈다네.

뭔지는 모르겠지만, 쥘 삼촌은 그곳에서 장사로 자리를 잡았지. 그러고는 돈을 약간 벌었다는 것과, 우리 아버지에게 끼친 손해를 배상할 수 있게 되었다는 편지를 보내왔네. 그 편지는 우리에게 깊은 감동을 주었어. 한 푼의 가치도 없다고 말을 하던 쥘 삼촌이 갑자기 정직한 사람, 마음이 너그러운 청년이 되어, 모든 다브랑쉬 집안 사람들처럼 청렴한 진짜 다브랑쉬 사람이 된 거지.

게다가 어느 배의 선장은 삼촌이 큰 상점을 세내어 중요한 장사를 하고 있다고 알려주었다네.

2년 뒤에 온 두 번째 편지에는 이렇게 씌어 있었네.

친애하는 필립 형님.

제 건강은 좋으니 염려하지 마시라고 편지를 씁니다. 사업도 역시 잘되고 있습니다. 저는 내일 남미로 긴 여행을 떠납니다. 어쩌면 몇 년 동안 형님께 소식을 전하지 못할지도 모릅니다. 편지를 드리지 못하더라도 걱정하지 마십시오. 한 재산 마련하면 르아브르로 돌아갈 것입니다. 그리 먼 훗날이 아니기를 바랍니다. 그리고 우리 함께 행복하게 삽시다….

이 편지는 가족의 복음서가 되었다네. 줄곧 그 편지를 읽고 또 읽었으며, 누구에게나 보여주었지.

아닌 게 아니라 10년 동안 쥘 삼촌은 소식을 보내오지 않았다네. 그러나 아버지의 희망은 세월이 갈수록 커져만 갔지. 어머니 역시 종종 다음과 같이 말씀하시곤 했어.

"훌륭한 쥘 삼촌이 돌아오면 우리 처지도 바뀔 거야. 곤궁에서 빠져나올 줄 아는 사람이거든!"

그래서 일요일마다 아버지는 검고 큰 기선이 뱀 같은 연기를 하늘로 내뿜으며 수평선에서 다가오는 것을 바라보면서 매번 똑같은 말을 되풀이하곤 했다네.

"어때! 만약 저 배에 쥘이 타고 있다면 얼마나 놀라울까!"

그러면 우리는 손수건을 흔들며 소리치는 삼촌의 모습을 기대했지.

"어이! 필립 형님."

우리는 그의 귀향을 확신하며 수만 가지 계획을 구상했다네. 삼촌의 돈으로 앵구빌 근처에 작은 시골집을 한 채 살 예정이었지. 그 점에 관해서는 아버지가 이미 흥정을 시작하지 않았다고 단언할 수가 없네.

큰누나는 그때 스물여덟 살이었고, 작은누나는 스물여섯 살이었지. 누이들은 아직 결혼 전이었는데, 그게 모두에게 큰 근심거리였다네.

마침내 작은누나에게 구혼자가 나타났어. 부자는 아니었지만 믿을 만한 회사원이었지. 나는 그 사람이 망설임을 끝내고 결심하게 된 것이 어느 날 저녁 쥘 삼촌의 편지를 보여주었기 때문이라고 확신한다네.

우리 식구는 서둘러 청혼을 승낙했고, 결혼식이 끝나면 온 가족이 함께 제르세이 섬으로 짧은 여행을 가기로 결정했지.

제르세이 섬은 가난한 사람들에게 이상적인 여행지였어. 그 작은 섬은 그리 멀지 않은데도 영국에 속해 있어서, 여객선을 타고 바다를 건너면 외국 땅을 밟는 셈이었지. 그래서 배로 두 시간 만에 프랑스 사람이 이웃 나라 사람을 볼 수 있게 되고, 또 솔직하게 이야기하는 사람들이 말하듯이, 영국 깃발 아래에 있는 그 섬의 한심한 풍습을 연구할 수 있을 거라고 생각했다네.

제르세이 섬으로의 여행은 우리의 최대 관심사였고, 유일한 기다림이었으며, 끊임없는 꿈이었지.

마침내 떠나는 날이 다가왔지. 어제 일처럼 생생하군. 그랑빌 부두에 매인 기선은 한창 열을 가하고 있었지. 아버지는 얼이 빠진 표정으로 일꾼들이 우리 짐 세 개를 배에 잘 싣는지 살펴보고 있었고, 불안해진 어머니는 결혼하지 않은 누나의 팔을 잡고 있었지. 그 누이는 다른 누이가 떠나고 나서는 한배의 새끼 중에서 홀로 남은 병아리처럼 어쩔 줄을 모르는 것 같았다네. 그리고 신혼부부는 항상 뒤에 처져 있어서 나는 종종 뒤돌아보아야 했지.

배가 기적을 울렸네. 우리는 배에 올랐고, 부두를 떠난 선박은 푸른 대리석 탁자처럼 평평한 바다 위로 멀어져갔네. 우리는 별로 여행을 해보지 못한 사람들이 으레 그렇듯이 행복하고 자랑스러운 마음으로 멀어지는 해안을 바라보고 있었지.

아버지는 프록코트 밑으로 배를 내밀고 있었는데, 그 웃옷은 그날 아침에 정성들여 얼룩을 지웠기 때문에 외출할 때마다 나던 벤젠 냄새를 풍기고 있었지. 나로 하여금 일요일이라는 것을 알게 해주던 냄새였어.

갑자기 아버지의 눈에 두 명의 우아한 부인에게 굴을 대접하고 있는 두 신사가 보였다네. 누더기를 걸친 늙은 선원이 칼질 한 번으로 굴 껍데기를 까서 신사들에게 주면, 그들은 그것을 얼른 부인에게 내밀었지. 여자들은 고급 손수건으로 굴을 받치고는 옷을 더럽히지 않으려고 입을 앞으로 내밀면서 품위 있는 태도로 먹었지. 그리고 얼른 그 물을 쭉 들이마시고는 껍데기를 바다에 던졌어.

아버지는 아마 움직이는 배 위에서 굴을 먹는다는 품위 있는 행동이 마음에 들었던 모양이야. 고상하고 고급스러운, 좋은 취미라고 생각하신 거지. 그래서 어머니와 누이들에게 다가가서 물었다네.

"굴을 좀 사줄까?"

어머니는 돈 쓰는 것 때문에 망설였지만, 두 누이는 얼른 승낙했지. 어머니는 언짢은 말투로 말했어.

"난 배가 아플까봐 겁이 나요. 애들에게만 주세요. 너무 많이는 말고요. 탈이 날지도 모르니까."

그리고 나를 돌아보며 한마디 덧붙였지.

"조제프한테는 사줄 필요 없어요. 사내아이들이란 너무 애지중지해서는 안 되니까요."

그래서 나는 이 차별이 부당하다고 생각하면서 어머

니 곁에 남아 있었어. 그러고는 두 딸과 사위를 데리고 누더기를 걸친 늙은 선원 쪽으로 으스대면서 가고 있는 아버지를 눈으로 좇았지.

두 부인이 막 자리를 떠난 뒤라서, 아버지는 두 누이에게 어떻게 하면 국물을 흘리지 않고 먹을 수 있는지 가르쳐주었어. 시범을 보여주려고 굴을 하나 손에 들었지. 그리고 부인들의 흉내를 내다가, 곧 국물을 모두 프록코트 위에 쏟아버렸다네. 나는 어머니가 중얼거리는 소리를 들었네.

"가만히 있었으면 좋으련만."

그런데 갑자기 아버지가 안절부절못하는 것 같았어. 아버지는 몇 발자국 물러서서 굴 껍데기를 까는 사람 주위에 몰려든 가족을 뚫어지게 바라보다가 갑자기 우리 쪽으로 왔다네. 이상한 눈동자에 얼굴빛도 아주 창백해 보였어. 아버지가 낮은 목소리로 어머니에게 말했다네.

"별일도 다 있군. 굴 껍데기를 까는 저 사람이 쥘을 닮았단 말이야."

어머니는 어리둥절한 표정으로 물었다네.

"어떤 쥘 말이에요?"

아버지가 다시 말했어.

"그야… 내 동생이지…. 만약 그 애가 미국에서 잘살고 있다는 것을 알지 못했다면, 저 사람이 쥘이라고 믿었을 거야."

어머니가 놀라서 더듬거리며 말했어.

"당신 미쳤군요! 저 사람이 삼촌이 아니라는 것을 알면서 어째서 그런 바보 같은 말을 하는 거예요?"

"그럼 가서 보고 와요, 클라리스. 당신이 직접 확인하는 게 좋겠소."

어머니는 자리에서 일어나 딸들 쪽으로 갔지. 나도 그 남자를 쳐다보았네. 그는 늙고 더러웠으며, 온통 주름투성이였어. 그리고 자기가 하는 일에서 눈을 돌리지를 않는 거야.

어머니가 돌아왔어. 나는 어머니가 떨고 있다는 것을 알아챘지. 어머니가 아주 빠르게 말했다네.

"삼촌인 것 같아요. 그러니 선장에게 가서 물어보세요. 그 말썽꾸러기가 우리에게 돌아오지 않도록 특히 조심하고요!"

아버지가 멀어져갔어. 나는 아버지를 따라갔다네. 이상하게 흥분이 되더군.

선장은 키가 크고 마른 사람으로, 구레나룻이 길게 나

있었어. 그는 인도 우편선이라도 지휘하는 양 거드름을 피우며 선교를 거닐고 있었지.

아버지는 예의를 갖춰 그에게 다가가서, 인사치레와 함께 그가 하는 일에 관해 물어보았지.

'제르세이 섬에서 중요한 것이 무엇인가요?', '생산물은요?', '인구는요?', '풍습은?', '습관은?', '지질은?' 등등.

누가 들으면 최소한 아메리카 합중국에 대해 질문하는 거라고 생각했을 거야.

그런 다음, 아버지는 우리가 타고 있는 '익스프레스호' 에 대해 이야기를 꺼냈지. 그러고는 대화의 주제가 승무원에 이르렀어. 아버지는 마침내 떨리는 목소리로 말했다네.

"저기 굴 껍데기 까는 노인이 있는데, 퍽 흥미로워 보이는군요. 저 영감에 대해 자세한 것을 알고 계시나요?"

그런 대화에 마침내 짜증이 난 선장은 무뚝뚝하게 대꾸했네.

"저 늙은 프랑스인 떠돌이는 내가 작년에 아메리카에서 만나 본국으로 데려온 사람이지요. 르아브르에 친척이 있나본데, 그들 곁으로 돌아가고 싶어 하지 않아요.

그들에게 갚아야 할 빚이 있기 때문이래요. 이름이 쥘…
쥘 다르망쉬인가 다브랑쉬인가, 하여튼 그런 이름이에
요. 한때는 미국에서 부자였던 모양인데, 이제는 보시다
시피 저 지경이 되었지요."

얼굴이 납빛으로 변한 아버지는 목이 메고 눈에 핏발
이 서면서 음절을 끊어 분명히 말했다네.

"아! 아! 잘 알았소…. 아주 잘 알았소…. 놀라운 일도
아니군요…. 대단히 고맙소이다, 선장."

그리고 아버지가 자리를 뜨자, 선장은 어리둥절한 얼
굴로 멀어져가는 아버지를 바라보았지.

어머니 곁으로 돌아온 아버지의 얼굴이 너무 질려 있
어서 어머니가 이렇게 말했다네.

"앉으세요. 사람들이 눈치채겠어요."

아버지는 입속말로 웅얼거리면서 자리에 털썩 주저
앉았네.

"그 애야, 바로 그 애야!"

그러고는 아버지가 묻더군.

"어쩐다지?"

어머니가 민첩하게 대꾸했어.

"아이들하고 떨어지게 해야죠. 조제프가 모든 것을

알고 있으니 조제프에게 애들을 데려오라고 시키세요. 우리 사위가 아무것도 눈치 채지 못하도록 특히 주의해야 돼요."

아버지는 겁이 나는 것 같았어. 이렇게 중얼거리더군.

"이 무슨 변이란 말인가!"

갑자기 미친 듯이 화를 내면서 어머니가 말했네.

"난 그 도둑놈이 아무것도 하지 못하고 다시 우리에게 짐이 될 거라고 항상 생각하고 있었어요! 다브랑쉬 가문 사람에게서 무얼 기대할 수 있겠어요!"

그러자 아버지는 아내의 비난을 받을 때면 늘 그렇듯이 손으로 이마를 문질렀다네.

어머니가 덧붙여 말했어.

"굴 값을 치르도록 당장 조제프에게 돈을 주세요. 그 비렁뱅이가 우릴 알아보면 정말 큰일이에요. 배에서 재미있는 꼴이 일어날 거예요. 우리는 저쪽 끝으로 갑시다. 그래서 저 사람이 우리에게 다가오지 못하도록 해요!"

어머니가 일어났고, 부모님은 내게 5프랑짜리 동전 하나를 건네주고 멀어져갔지.

누이들은 놀라서 아버지를 기다리고 있었어. 나는 어머니가 뱃멀미로 약간 거북해한다고 말해주었지. 그러고는 굴 껍데기 까는 사람에게 물었어.

"얼마인가요, 아저씨?"

나는 삼촌이라고 말하고 싶었다네.

그가 대답했어.

"2프랑 50상팀."

나는 5프랑을 내밀었고, 그는 거스름돈을 주었네.

나는 그의 손을, 온통 주름투성이인 한 선원의 불쌍한 손을 바라보았네. 그리고 그의 얼굴을, 늙고 비참하고 슬프고 짓눌린 그의 얼굴을 쳐다보면서 이렇게 생각했지.

'내 삼촌이다. 아버지의 형제인 내 삼촌이야!'

나는 그에게 팁으로 50상팀을 주었네. 그는 내게 고마워했어.

"젊은이에게 신의 축복이 있기를!"

동냥하는 불쌍한 사람의 억양으로 말일세. 나는 그가 미국에서 구걸하고 다닌 게 틀림없다고 생각했네.

누이들은 내 후한 인심에 어리둥절해 나를 바라보고 있었어.

내가 아버지에게 2프랑을 돌려주자, 어머니가 깜짝 놀라 물었다네.

"3프랑어치나 됐니? 그럴 리가 없는데…."

나는 자신 있는 목소리로 똑똑히 말했지.

"팁으로 50상팀을 주었어요."

어머니가 펄쩍 뛰며 나를 뚫어지게 쳐다보았네.

"너 미쳤구나! 그 사람에게. 그 비렁뱅이한테 50상팀을 주다니…."

어머니는 사위를 가리키는 아버지의 시선을 알아채고는 말을 멈췄지.

그러고는 모두들 침묵을 지켰다네.

우리 앞에 펼쳐진 수평선에서 어떤 보랏빛 그림자가 바다로부터 나오는 듯했어. 그것이 제르세이였네.

부두에 가까워지자, 마음속에서 쥘 삼촌을 다시 한번 보고 싶은, 다가가서 그에게 위안이 되는 정다운 말을 해주고 싶은 강렬한 욕구가 생기더군.

그러나 이제는 아무도 굴을 먹지 않았기 때문에, 그는 사라져버리고 없었어. 그 불쌍한 사람이 거처하고 있는, 냄새가 고약한 화물창 밑바닥으로 내려간 것이 틀림없었지.

돌아올 때 우리는 삼촌을 다시 만나지 않으려고 생말로행 배를 탔다네. 어머니는 불안해서 어쩔 줄 몰라 하셨지.

그 후 다시는 삼촌을 보지 못했다네!

이런 이유로, 자네는 내가 이따금 부랑자들에게 5프랑을 주는 것을 가끔 보게 될걸세.

아버지

바티뇰에 살고 있을 때, 교육성 직원이었던 그는 아침마다 사무실로 가기 위해 승합마차를 탔다. 그리고 아침마다 어느 젊은 처녀와 마주 앉아 파리 시내까지 가곤 했다. 그는 그녀를 사랑하게 되었다.

그녀는 날마다 같은 시간에 자기 가게로 가는 것이었다. 그녀는 흑점처럼 보일 만큼 검은 눈을 가진 갈색 머리의 아가씨였는데, 그녀의 얼굴은 상아빛으로 빛났다. 그는 그녀가 언제나 똑같은 거리의 모퉁이에서 나타나는 것을 보았다. 그리고 그녀는 그 묵직한 마차를 따라잡기 위해 달리기 시작했다.

그녀는 약간 다급한 표정으로, 민첩하고 맵시 있게 뛰었다. 이어 말들이 완전히 멈추기 전에 발판 위로 뛰어오르곤 했다. 그러고는 약간 헐떡이면서 안으로 들어와 자리에 앉고서는 자기 주위를 둘러보는 것이었다.

프랑수아 테시에는 그녀를 처음 보자마자 마음에 쏙 들었다. 사람들은 이따금 상대가 어떤 사람인지도 모르면서 당장 미칠 듯이 껴안고 싶을 때가 있다. 이 젊은 처녀는 그의 내밀한 욕망에, 그의 은밀한 기대에, 또한 사람들이 그것이 무엇인지도 모르면서 마음 밑바닥에 지니고 있는 사랑의 이상 같은 것에 부합하는 여자였다.

그는 본의는 아니었지만 그녀를 뚫어지게 바라보았다. 이러한 주시에 거북해진 그녀가 얼굴을 붉혔다. 그는 그것을 알아채고 시선을 돌리려고 했다. 그러나 다른 곳을 바라보려고 애쓰는데도 매순간 그녀에게 눈길이 갔다.

며칠 후에는 말을 주고받지는 않았지만 서로를 알게 되었다. 마차가 사람들로 가득 찰 때는 그가 그녀에게 자기 자리를 양보하고, 유감스럽지만 자기는 지붕 위 좌석으로 올라갔다. 이제는 그녀가 살포시 미소 지으면서 그에게 인사를 하게 되었다. 너무 강렬하게 느껴지는 그의 시선에 눈을 내리뜨고는 있지만, 그녀는 이렇게 주시당하는 것이 이제는 불쾌하지 않은 듯했다.

그들은 마침내 이야기를 나누게 되었다. 일종의 빠른 친교가 두 사람 사이에 이루어졌다. 하루에 30분 간의 친교였다. 물론 그에게는 자기 생활에서 가장 즐거운 30분이었다. 그는 나머지 모든 시간에 그녀를 생각했다. 사무실에서의 긴 업무 시간에도 줄곧 그녀가 떠올랐다. 사랑하는 여자의 얼굴이 마음속에 남기는, 허공에 뜬 것 같으면서도 끈질긴 모습에 사로잡혀 머릿속에서 떠나지 않고 정신을 앗아가는 것이었다. 그 귀여운 사람을 완전히 소유한다는 것은 그로서는 미칠 듯한 행복이며, 사람으로서는 거의 실현할 수 없을 것같이 여겨졌다.

이제는 아침마다 그녀가 그에게 손을 내밀어 악수를 청했다. 그러면 그는 저녁때까지 그 촉감을, 작은 손가락들이 살며시 누르던 기억을 자기의 살갗 속에 간직했다. 그는 자기 피부 위에 그 자국을 보관하고 있는 것 같았다.

그는 그녀와 만나는 시간 이외의 나머지 시간엔 모두 승합마차에서의 그 짧은 여행을 초조히 기다렸다. 그래서 일요일엔 가슴이 에는 듯했다.

그녀 역시 그를 사랑한 것이 틀림없다. 어느 봄날의 토요일, 다음 날 메종 라피트로 함께 점심 식사를 하러 가자는 그의 제의를 허락한 것을 보면 말이다.

그녀가 먼저 와서 역에서 기다리고 있었다. 그는 깜짝 놀랐다. 그녀가 말했다.

"출발하기 전에 드릴 말씀이 있어요. 20분이나 남았으니 충분해요."

그녀는 그의 팔에 기대어 눈을 내리뜨고는 창백한 얼굴로 떨고 있었다. 그녀가 다시 말했다.

"저를 오해하시면 안 돼요. 저는 얌전한 처녀예요. 제게 약속해주어야만 당신과 함께 거기에 가겠어요. 아무것도… 아무것도 하지 않겠다고… 예의 바른 일이… 아닌 것은… 하지 않겠다고 맹세하신다면…."

그녀의 얼굴이 갑자기 개양귀비보다 붉어졌다. 그녀는 입을 다물었다. 그는 어떻게 대답해야 할지 몰랐지만, 행복하면서도 동시에 실망이 되었다. 마음 깊은 곳에서는 어쩌면 그런 그녀를 더 좋아했겠지만, 그러나… 그러나 지난밤 그는 혈관에 불을 지르는 듯한 꿈을 꾸며 흔들렸다. 만일 그가 그녀의 품행이 방정하지 않다는 것을 알게 된다면, 확실히 그녀를 덜 사랑할 것이다. 그러나 그렇게 되면, 그로서는 너무나 매력적이고 감미로웠을 것이다! 그렇게 사랑에 관해 남자들이 가지는 모든 이기적인 계산이 그의 정신을 선동했다.

그가 아무 말도 하지 않자, 그녀가 눈가에 눈물을 짓고 감정에 벅찬 목소리로 다시 말했다.

"당신이 나를 정말로 아껴주겠다는 약속을 해주시지 않는다면 전 집으로 돌아가겠어요."

그는 그녀의 팔을 다정하게 힘주어 잡으면서 대답했다.

"약속하겠소. 당신이 원하는 대로만 하죠."

그녀는 마음이 놓이는 듯 미소 지으며 물었다.

"정말이죠?"

그는 그녀의 눈 깊은 곳을 들여다보며 말했다.

"맹세하죠!"

"그럼 차표를 끊어요."

그녀가 말했다.

그들은 가는 도중 거의 이야기를 나눌 수가 없었다. 기차 안이 사람들로 가득했기 때문이다.

메종 라피트에 도착하자 그들은 센 강 쪽으로 갔다.

포근한 공기가 몸과 마음을 부드럽게 해주었다. 강 위로, 나뭇잎 위로 그리고 잔디밭 위로 쏟아지는 태양은 육체와 정신에 유쾌한 광채를 끊임없이 던져주었다. 그들은 손에 손을 잡고, 물속에서 무리 지어 미끄러져가는 작은 물고기들을 쳐다보면서 강둑을 따라 걸었다. 행복에 넘친 그들은 정신을 차릴 수 없을 만큼 큰 기쁨으로 땅에서 몸이 붕 떠 있는 것만 같았다.

마침내 그녀가 말했다.

"아마 당신은 나를 미친 여자라고 생각하실 거예요."

그가 물었다.

"그건 왜죠?"

그녀가 다시 말했다.

"당신과 함께 이렇게 단둘이 온다는 것은 미치광이 같은 짓 아니겠어요?"

"천만에요! 그건 아주 자연스러운 일이에요."

"아니에요! 그렇지 않아요! 그건 자연스러운 일이 아니에요. 제 입장에서는요. 과오를 범하고 싶지 않기 때문이에요. 하지만 사람들은 이렇게 해서 큰 실수를 저지르죠. 그러나 당신이 아신다면! 날마다 같은 일이 반복된다는 것이 얼마나 슬픈지를 말이에요. 한 달의 매일 매일을, 또한 일 년의 매달을 똑같은 일만 반복한다는 것은 너무 한심한 일이죠. 나는 엄마와 단둘이 살고 있어요. 그리고 엄마는 힘든 일이 있으셔서 밝지 못하세요. 내가 힘껏 잘해드리긴 해요. 마음에 없어도 웃으려고 애쓰죠. 그러나 언제나 잘되는 것은 아니에요. 아무래도 좋아요. 당신을 따라 여기에 온 것은 잘못이에요. 적어도 그것만은 절 탓하지 않으시겠죠?"

대답 대신 그는 그녀의 귀에 열렬히 키스했다. 그러자 그녀는 황급히 그에게서 벗어나며 갑작스레 화를 냈다.

"오! 프랑수아 씨! 내게 맹세를 하고도 이러시다니요."

그리고 그들은 메종 라피트 쪽으로 되돌아왔다.

그들은 프티 아브르에서 점심을 먹었다. 그 음식점은 단층이었는데, 물가에 있는 거대한 네 그루의 미루나무 밑에 가려져 있었다.

야외, 햇살, 약간의 백포도주, 그리고 나란히 앉아 있어서 느껴지는 거북함, 이런 것들이 그들의 얼굴을 붉게 만들었고, 숨쉬기도 힘들어 말없이 있게 했다.

그러나 커피를 마신 뒤에는 갑작스러운 즐거움이 그들을 사로잡았다. 그래서 센 강을 건넌 후 강을 따라 라프레트 마을 쪽으로 출발했다.

갑자기 그가 물었다.

"이름이 뭐예요?"

"루이즈."

그는 '루이즈'라는 말만 되풀이하고는, 더 이상 아무 말도 하지 않았다.

긴 곡선을 그리는 강을 따라 멀리 일렬로 늘어선 하얀 집들은 물속에 거꾸로 비치고 있었다. 젊은 처녀는 데이지를 따서 시골에서 하던 식으로 커다란 꽃다발을 만들었다. 그동안 남자는 방금 풀밭에 풀어놓은 어린 말처럼 기분이 얼근해져 큰 소리로 노래를 불렀다.

그들의 왼쪽에는 포도나무가 심어진 작은 언덕이 강을 끼고 있었다. 그런데 갑자기 프랑수아가 발걸음을 멈추고는 놀라움으로 꼼짝도 하지 않았다.

"오! 보세요."

그가 말했다.

포도밭은 끝이 났고, 이제는 온 언덕이 만개한 라일락 꽃으로 뒤덮여 있었다. 보랏빛 숲이었다. 대지 위에 펼쳐진 일종의 커다란 융단은 거기에서 2, 3킬로미터나 되는 마을까지 이어져 있었다.

그녀 역시 감동에 사로잡혀 그대로 서 있었다. 그녀가 중얼거렸다.

"오! 정말 예뻐요!"

그러고는 들판을 가로질러 그들은 그 신기한 언덕 쪽으로 달려갔다. 해마다 여자 행상인들이 작은 수레에 실어 파리 시내를 가로질러 끌고 다니는 라일락 꽃은 모두 이 언덕에서 나는 것들이다.

좁은 오솔길이 덤불 밑으로 자취를 감췄다. 그들은 그 길을 걷다가 자그마한 공터를 만나 거기에 앉았다.

꿀벌이 떼를 지어 머리 위를 날아다니며 끊임없이 윙윙거리는 부드러운 소리를 공중에 던지고 있었다. 그리고 태양은, 바람 한 점 없는 날의 위대한 태양은 꽃이 활짝 핀 긴 언덕을 내리쬐어 라일락 숲에서 강렬한 향기를, 엄청난 방향의 입김을, 꽃이 흘리는 이 냄새를 풍겨나오게 했다.

멀리서 교회 종소리가 울렸다.

그러자 아주 부드럽게 그들은 서로 껴안았다. 풀밭에 누워, 키스 외에는 아무것도 의식하지 못하고 서로 포옹을 했다. 그녀는 두 눈을 감고, 품에 가득 그를 안고서 아무 생각 없이, 이성을 잃고, 정열적인 기다림 속에서 머리부터 발끝까지 마비되어 미친 듯이 힘주어 그를 껴안았다. 그녀는 자기가 무슨 짓을 하는지도 모르면서, 그에게 몸을 내맡기고 있다는 것도 깨닫지 못하면서, 자기의 모든 것을 바쳤다.

그녀는 커다란 불행의 광란 속에서 깨어났다. 그러고는 두 손으로 얼굴을 감싸고, 고통으로 신음하면서 울기 시작했다.

그는 그녀를 달래려고 애썼다. 그러나 그녀는 당장 떠나고 싶어 했고, 돌아가고 싶어 했으며, 집에 가고 싶어 했다. 그녀는 성큼성큼 걸으면서 줄곧 이 말만 되풀이했다.

"어쩌나! 어쩌면 좋지!"

남자가 그녀에게 말했다.

"루이즈! 루이즈! 그대로 있어요, 제발."

그녀의 광대뼈는 붉게 변했고, 눈은 움푹 들어갔다. 파리 역에 도착하자 그녀는 그에게 작별 인사도 하지 않고 돌아갔다.

다음 날, 그가 승합마차에서 만난 그녀는 야위었으며, 어딘가 변한 것처럼 보였다. 그녀가 말했다.

"이야기할 것이 있어요. 큰 거리에서 내려요."

보도 위에 그들만 있게 되자 그녀가 말했다.

"우린 작별을 해야 해요. 그 일이 있고 나서 당신을 다시 볼 수가 없어요."

그가 더듬거리며 말했다.

"왜죠?"

"내가 그럴 수가 없기 때문이에요. 죄를 지었거든요. 더 이상 그러지 않을 거예요."

그러자 그는 욕정에 몹시 괴로워하면서 그녀에게 애원하고 간청했다. 사랑의 밤에 완전히 몸을 맡기고 그녀를 전부 갖고 싶은 욕구에 미칠 것 같았다.

그녀는 완강하게 반복했다.

"아니에요. 그럴 수 없어요. 아니에요. 그럴 수 없어요."

그럴수록 남자는 더욱 자극을 받아 흥분했다. 그는 결혼하겠다고 약속했다. 그래도 그녀는 여전히 수긍하지 않았다.

"안 돼요."

그러고는 그에게서 떠나갔다.

8일이 지나는 동안 그는 그녀를 보지 못했다. 만날 수가 없었다. 그녀의 주소를 알지 못했기에, 그는 그녀를 영원히 잃었다고 생각했다.

9일째 되는 날 저녁, 누군가 그의 집 초인종을 울렸다. 그는 문을 열기 위해 나갔다. 그녀였다. 그녀가 그의 품속에 뛰어들었다. 그리고 더는 거역하지 않았다.

석 달 동안 그녀는 그의 정부로 지냈다. 그가 그녀에게 싫증이 날 무렵, 그녀는 자기가 임신했다는 것을 그에게 알려주었다. 그러자 그의 머릿속에는 한 가지 생각밖에 없었다. 어떤 대가를 치르더라도 관계를 끊겠다는 것이었다.

하지만 그는 성공하지 못했다. 그러고는 어떻게 처신해야 할지, 어떻게 말해야 할지를 몰랐고, 자라나는 어린아이에 대한 두려움과 초조함으로 미칠 것 같았다. 그는 마지막 결심을 했다. 어느 날 밤, 이사를 해 자취를 감춰버린 것이다.

그녀는 충격이 너무 심해서 자기를 그렇게 버린 그 사람을 찾지 않았다. 그녀는 자기 어머니의 무릎에 달려들어 자기의 불행을 고백했다. 그리고 몇 달 뒤 그녀는 사내아이를 낳았다.

몇 년이 흘렀다. 프랑수아 테시에는 아무런 변화도 없는 생활을 계속하며 나이를 먹어갔다. 희망도 기대도 없이 단조롭고 활기 없는 공무원 생활을 하고 있었다. 매일 똑같은 시간에 일어나고, 똑같은 거리를 따라가고, 똑같은 수위 앞에서 똑같은 문을 지나, 똑같은 사무실로 들어가, 똑같은 의자에 앉아, 똑같은 일을 수행했다. 그는 세상에서 혼자였다. 낮에는 냉담한 동료들 사이에서 혼자였고, 밤에는 그의 방에서 혼자였다. 그는 노후를 위해 한 달에 1백 프랑씩 저축했다.

일요일마다 그는 사교계 인사들과 수행원들, 그리고 예쁜 여자들이 지나가는 것을 바라보기 위해 샹젤리제 거리를 산책하곤 했다.

그 이튿날엔 궁핍한 동료들에게 이렇게 말했다.

"어제 숲에서 돌아올 때는 너무 훌륭했어."

그런데 어느 일요일, 우연히 다른 길을 따라가다가 그는 몽소 공원으로 들어가게 되었다. 청명한 여름날 아침이었다.

아이를 보는 하녀들과 엄마들이 산책길을 따라 늘어앉아서 자기 앞에서 놀고 있는 아이들을 바라보고 있었다.

그런데 갑자기 프랑수아 테시에의 몸이 떨려왔다. 한 부인이 두 아이의 손을 잡고 지나가고 있었다. 열 살쯤 되어 보이는 사내아이와 네 살쯤 된 계집아이였다. 그녀였다.

그는 백 보쯤 따라가다가 감동으로 숨이 막혀 의자에 털썩 주저앉고 말았다. 그녀는 그를 알아보지 못했다. 그러자 그는 다시 일어나, 그녀를 한 번 더 보려고 했다. 지금은 그녀가 앉아 있었다. 사내아이는 매우 얌전하게 있는 데 반해, 그 곁에 있는 계집아이는 흙장난을 하고 있었다. 그녀였다. 분명히 그 여자였다. 그녀는 부인으로서의 단정한 모습과 수수한 옷차림, 자신 있고도 품위 있는 태도를 지니고 있었다.

그는 감히 다가가지는 못하고 멀찍이 떨어져서 그녀를 바라보았다. 사내아이가 고개를 쳐들었다. 프랑수아 테시에는 몸이 떨려오는 것을 느꼈다. 틀림없이 자기 아들이었다. 그는 아이를 바라보았다. 예전에 찍은 사진 속의 자기와 똑같은 모습을 보는 듯했다.

그는 나무 뒤에 숨었다. 그녀를 따라가기 위해 그녀가 떠나기를 기다렸다.

그는 그날 밤 잠을 이룰 수가 없었다. 무엇보다도 아

이에 대한 생각이 그를 애타게 했다. 자신의 아들! 오! 확실하다는 것을 알 수 있다면! 그러나 그가 어쩌겠는가?

그는 그녀의 집을 보았다. 그리고 알아보았다. 그는 그녀가 이웃 남자와 결혼했다는 것을 알았다. 품행이 단정한 신사로, 비통해하는 그녀에게 마음이 끌렸던 것이다. 그 과오를 알고 또 그것을 용서한 그 남자는 그의, 프랑수아 테시에의 아이조차 받아들였다.

그는 일요일마다 몽소 공원에 갔다. 일요일마다 그는 그녀를 보았다. 그리고 그럴 때마다 자기 아들을 품에 안고 싶고, 그에게 키스를 퍼붓고 싶고, 그 아이를 데려가고 싶고, 훔쳐가고 싶을 만큼 미칠 듯한, 억제할 수 없는 갈망에 사로잡혔다.

그는 애정도 없는 노총각의 비참한 고독에 파묻혀 고통을 느끼고 있었다. 후회, 갈망, 질투, 그리고 자연이 인간의 모태에 옮겨놓은 그 어린아이들을 사랑하고 싶은 욕구에서 생겨난 아버지로서의 애정 때문에 가슴이 찢어질 듯한 아픔으로 괴로워했다.

마침내 그는 가망 없는 시도를 해보기로 결심했다. 어느 날 그녀가 공원으로 들어오자 그녀에게 다가가, 길 한가운데에 우뚝 서서 창백한 얼굴로 입술을 떨면서 말했다.

"저를 알아보시지 못하겠습니까?"

그녀는 눈을 들어 그를 바라보았다. 그러고는 공포에 질려 고함을 지르고는, 두 아이의 손을 잡아 자기 뒤로 끌어당기면서 달아나버렸다.

그는 집에 돌아와 울었다.

몇 달이 또 흘렀다. 그는 그녀를 더 이상 보지 못했다. 그러나 그는 부성애로 가슴이 찢어지는 고통을 밤낮으로 겪으며 괴로워했다.

자기 아들을 껴안기 위해서라면 죽을 수도 있었고, 살인을 할 수도 있었으며, 모든 위험을 무릅쓰고 모든 대담한 짓도 시도하면서 온갖 일을 수행했을 것이다.

그는 그녀에게 편지를 써서 보냈지만 그녀는 답장을 보내지 않았다. 수십 통의 편지를 보낸 후에 그는 그녀를 조금도 누그러뜨릴 수 없음을 알게 되었다. 그래서 그는 가망이 없는 결심을 했다. 만일 그래야만 한다면 권총 탄알을 가슴에 맞을 각오도 했다.

그는 몇 마디를 적은 짤막한 편지를 그녀의 남편에게 보냈다.

선생님,

제 이름은 당신으로서는 증오의 원인이 될 것입니다. 그러나 저는 슬픔으로 너무나 괴롭고 비참해서, 당신에게밖에는 희망을 가질 수가 없습니다. 단지 10분 간의 대화를 요청하기 위해 방문하겠습니다. 그럼 이만 총총.

다음 날 그는 답장을 받았다.

선생님.

화요일 5시에 기다리고 있겠습니다.

계단을 오르면서 프랑수아 테시에는 한 계단을 오를 때마다 걸음을 멈췄다. 그만큼 심장이 뛰었던 것이다. 그의 가슴에서는 말이 달릴 때처럼 숨가쁜 소리, 둔탁하고 격렬한 소리가 들렸다. 그는 넘어지지 않으려고 난간을 붙들고, 간신히 숨을 쉬고 있었다.

4층에서 그는 초인종을 눌렀다. 하녀가 와서 문을 열었다. 그가 물었다.

"플라멜 씨 댁인가요?"

"네, 여깁니다. 들어오세요."

그는 중산층 가정의 응접실로 들어갔다. 자기 혼자였다. 그는 대재앙의 한복판에 있는 것처럼 안절부절 못하고 기다렸다.

문이 열리고, 한 남자가 나타났다. 검은 프록코트를 입은 그는 키가 크고 침착했으며 약간 뚱뚱했다. 그는 손으로 의자를 가리켰다.

프랑수아 테시에가 앉았다. 그러고는 헐떡이는 목소리를 말했다.

“선생님… 선생님… 제 이름을 알고 계신지 모르겠습니다. 만약 알고 계시다면….”

플라멜이 그의 말을 가로막았다.

“그러실 필요 없습니다, 선생님. 알고 있습니다. 내 아내가 당신에 대해 이야기한 적이 있습니다.”

그는 엄격하고자 하는, 점잖은 남자의 품위 있는 어조로 말했다. 그리고 성실한 남자의 부르주아적인 위엄이 있었다. 프랑수아 테시에가 말했다.

“그렇다면, 선생님, 좋습니다. 저는 괴로움과 후회와 수치심으로 죽을 지경입니다. 한 번만, 오직 한 번만 껴안고 싶습니다… 그 아이를….”

플라멜이 일어나 벽난로로 다가가서 초인종을 울렸

다. 하녀가 나타나자 그가 말했다.

“가서 루이를 데려와요.”

그녀가 나갔다. 그들은 더 이상 할 말이 없어서 말없이 마주 앉아 기다렸다.

그런데 갑자기 열 살쯤 된 사내아이가 응접실로 뛰어들었다. 그러고는 자기 아버지라고 생각하고 있는 그 사람에게 달려갔다. 그러다가 낯선 사람을 보고는 당황해 멈춰 섰다.

플라멜은 아이의 이마에 키스를 하고는 말했다.

“이젠 이 선생님께 키스해야지, 얘야.”

아이는 알지 못하는 사람을 쳐다보면서 얌전하게 다가갔다.

프랑수아 테시에가 일어섰다. 그러다가 넘어질 뻔해서 모자를 떨어뜨렸다. 그는 자기 아들을 찬찬히 들여다보았다.

플라멜은 친절하게도 창문 쪽으로 돌아서서 거리를 내다보았다.

아이는 어리둥절해 기다리고 있다가, 모자를 주워 낯선 사람에게 돌려주었다. 그러자 프랑수아가 두 팔로 어린아이를 껴안고 눈에, 뺨에, 입에, 머리에, 아이의 온 얼굴에 미친 듯이 키스를 퍼붓기 시작했다.

우박처럼 퍼부어대는 키스 세례에 놀라고 겁에 질린 어린아이는 고개를 돌려 피하면서 이 남자의 탐욕스러운 입술을 그 작은 손으로 밀쳐내려고 애썼다.

프랑수아 테시에가 갑자기 아이를 땅에 내려놓고 소리쳤다.

"잘 있어! 잘 있어!"

그러고는 도둑처럼 달아나버렸다.

몽생미셸의 전설

바다에 세워진 그 요정의 성을 처음 본 것은 캉칼에서였다. 어슴푸레 나타난 성은 안개 낀 하늘을 배경으로 펼쳐진 잿빛 그림자였다.

그것을 다시 본 것은 석양 무렵의 아브랑쉬에서였다. 광활하게 펼쳐진 모래밭도, 지평선도 모두 붉은색이었으며, 터무니없이 큰 만(灣)도 모두 붉게 물들어 있었다. 오직 깎아지른 듯 가파르게 솟은 수도원만이 환상적인 대저택처럼 육지에서 멀리 저 너머로 물러난 채, 꿈의 궁전처럼 믿을 수 없을 정도로 기이하고 아름다운 모습으로 지는 해의 진홍빛 속에 검은 윤곽으로 남아 있었다.

다음 날, 나는 새벽부터 백사장을 가로질러 그곳을 향해 갔다. 무늬를 새겨 공들여 다듬어놓은, 얇고 부드러운 모슬린처럼 어렴풋한 그 기괴하고 산처럼 거대한 보석에서 눈을 뗄 수가 없었다. 가까이 갈수록 감탄은 커져만 갔다. 세상의 그 무엇도 그보다 놀랍고 완전할 수 없을 것 같았다.

그리고 나는 신의 거처라도 발견할 듯 놀란 마음으로, 가볍거나 육중한 기둥이 떠받치고 있는 방들과 빛이 통과해 들어오는 복도를 헤매고 다녔다. 경이에 찬 눈길은 하늘로 쏘아올린 불꽃 형상의 그 작은 종루들과, 믿을 수 없을 정도로 착잡하게 얽힌 망루, 이무깃돌, 날씬하고 매혹적인 장식물을 더듬었다. 돌로 만들어낸 불꽃놀이, 아니면 화강암으로 짜놓은 레이스라고나 할까. 거대하고도 섬세한 걸작 건축물이었다.

그렇게 황홀경에 빠져 있을 때 바스노르망디 출신의 한 농부가 내게 다가오더니 성 미카엘이 악마와 싸운 큰 싸움에 대해 이야기해주었다.

어느 천재적인 회의주의자가 다음과 같이 말한 적이 있다.

"신은 자기 모습을 본떠 인간을 만들었다. 그러나 인

간 역시 자기 모습을 신에게 되돌려주었다."

그 말에는 영원한 진리가 담겨 있다. 그러고 보면 각 대륙의 여러 민족이 섬기는 신이라든지, 프랑스 각 지방의 수호성인에 관한 이야기를 모으는 일은 매우 흥미로울 것 같다. 흑인은 인육을 즐기는 잔인한 우상을 숭배하고, 일부다처제의 회교도는 여성들로 가득한 낙원을 꿈꾸었으며, 그리스인은 실질적인 민족답게 인간의 모든 정염을 신격화했다.

프랑스에서는 마을마다 지역 주민의 이미지에 맞게 변형된 수호성인을 모시고 있다.

바스노르망디 지방의 보호자는 성 미카엘이다. 빛나는 승리의 천사, 칼을 차고 사탄을 물리친 하늘의 영웅 미카엘.

그러나 약삭빠르고 교활하며 음험하고 억지를 잘 쓰는 바스노르망디 사람은 천사장과 악마의 싸움을 다음과 같이 이해했다.

성 미카엘은 이웃에 사는 악마의 심술을 피하기 위해 대양 한복판에 대천사에 걸맞는 집을 직접 지었다. 사실, 그런 성자만이 그 같은 거처를 마련할 수 있었다.

그래도 여전히 악마의 접근을 두려워한 그는 영지 주위를 바닷물보다 위험한 유사(流砂)로 둘러쌌다.

악마는 해안가에 있는 허름한 초가집에서 살고 있었다. 하지만 그는 짠물에 젖은 초원과 막대한 수확물을 거둬들이는 기름진 땅, 고장에서 가장 비옥한 계곡과 풍요로운 포도밭을 소유했다. 반면, 성자는 모래사장만 다스릴 뿐이었다. 그래서 사탄은 부유했고, 성 미카엘은 찢어지게 가난했다.

몇 년 동안 굶주린 끝에 성자는 그런 상황에 진절머리가 나서 악마와 타협하기로 했다. 그러나 성자의 시도에도 사탄이 자기 수확물에 집착했기에 좀처럼 타협이 되지 않았다.

여섯 달 동안 숙고에 숙고를 거듭한 성자는 어느 날 아침 육지로 향했다. 악마는 문 앞에서 수프를 먹고 있었다. 성자를 발견한 그는 황급히 뛰어나와 소맷자락에 입을 맞춘 다음, 집 안으로 인도해 마실 것을 권했다. 우유 한 잔을 마신 뒤 성 미카엘이 입을 열었다.

"자네에게 한 가지 좋은 거래를 제의하러 왔네."

그러자 순진한 악마는 아무런 의심도 하지 않고 대답했다.

"좋습니다요."

"그럼 본론으로 들어가겠네. 자네 땅을 모두 내게 양도하게."

걱정스러워진 사탄은 뭔가 말을 하려고 했다.

"하지만…."

성자가 다시 말했다.

"일단 내 말을 들어보게. 자네 땅을 모두 내게 양도하면 땅을 관리하는 일과 밭을 가는 일, 씨 뿌리기와 비료 주기 같은 모든 일을 내가 하겠네. 그리고 수확물은 자네와 반씩 나누겠네. 어때, 괜찮은가?"

천성적으로 게으른 악마는 그 제의를 받아들였다.

그가 더 요구한 거라고는 성 주위에서 잡히는 맛있는 노랑촉수 몇 마리뿐이었다. 성 미카엘은 생선도 주기로 약속했다.

그들은 서로의 손을 두드리며, 흥정이 성사되었음을 나타내기 위해 양편에 침을 뱉었다. 그런 다음 성자가 다시 말했다.

"잠깐! 나 때문에 불만이 생기도록 하고 싶진 않네. 원하는 바를 선택하게. 땅 위의 수확물을 가질 것인지, 땅 밑의 수확물을 가질 것인지."

사탄이 소리쳤다.

"땅 위에 있는 것을 갖지요."

"알겠네."

성자가 말했다. 그리고 그는 가버렸다.

6개월 뒤, 악마의 거대한 영토에서 볼 수 있는 것은 홍당무, 순무, 양파, 선모 등 모두 맛있고 두툼한 뿌리가 열리지만, 잎은 쓸모가 없어서 기껏해야 가축의 사료로 이용되는 채소들뿐이었다.

사탄은 아무것도 갖지 못했다. 그래서 그는 성 미카엘을 '심술장이'로 취급하며 계약을 파기하고자 했다.

그러나 농사일을 좋아하게 된 성자는 다시 악마를 찾아갔다.

"그럴 거라고는 꿈에도 생각지 못했네. 진심일세. 우연히 그렇게 된 것뿐이야. 고의는 조금도 없었네. 그리고 자네가 입은 손해를 보상하기 위해 올해는 내가 땅 위에서 거둬들인 것을 갖도록 하지."

"좋습니다요."

사탄이 말했다.

이듬해 봄, 악마의 소유지 전체가 두툼한 밀, 작은 종만큼이나 커다란 귀리, 아마, 현란한 유채, 붉은 클로버,

완두콩, 양배추, 아티초크같이 햇볕 아래 종자나 열매가 맺히는 식물로 뒤덮였다.

사탄은 또다시 아무것도 얻지 못했으므로 단단히 화가 났다.

그는 자신의 목장과 경작지를 되찾았고, 이웃이 새로 제의하는 모든 이야기에 귀를 막았다.

그리고 꼬박 1년이 지났다. 성 미카엘은 외딴 저택에서서 저 멀리 펼쳐진 풍요로운 대지를 굽어보았다. 악마가 일꾼들을 지휘해 수확물을 거둬들이고, 곡식을 타작하는 것이 보였다. 성자는 아무것도 할 수 없는 무력함에 분해서 어쩔 줄 몰랐다. 더 이상 사탄을 속일 수 없게 된 그는 복수하기로 마음먹고, 사탄에게 가서 다음 주 월요일 저녁 식사에 초대하겠노라고 말했다.

"나와의 거래가 만족스럽지 못했을 걸세."

그가 덧붙여 말했다.

"나도 알고 있네. 하지만 우리 사이에 원한이 남는 것을 원치 않으니, 자네와 저녁 식사라도 하길 바라네. 맛있는 것을 많이 차려놓겠네."

게으른 만큼이나 먹성도 좋은 사탄은 금방 수락했다. 약속한 날, 그는 가장 아름다운 옷을 차려입고 몽생미셸

(Mont Saint-Michel : 프랑스 바스노르망디 주에 있는 유적지. 화강암질의 작은 바위산으로 만조 때가 되면 방파제만 남긴 채 바다에 둘러싸인다. 대천사 미카엘(프랑스어로는 '생미셸')이 바위산 꼭대기에 성당을 지으라고 명했다는 이야기가 전해지며 바위산 전체가 수도원으로 되어 있다.)을 향해 길을 나섰다.

성 미카엘은 그를 으리으리하게 차려진 식탁으로 안내했다. 먼저 수탉의 볏과 콩팥이 잔뜩 들어간 크림파이가 살코기 만두와 함께 나왔고, 다음으로는 크림소스에 곁들인 커다란 노랑촉수 두 마리가 등장했다. 이어 포도주에 절인 밤을 집어넣은 흰 칠면조 고기와, 해변의 목장에서 길러 짭짤한 맛이 나며 케이크처럼 부드러운 양고기가 식탁에 올랐다. 그러고는 입에서 녹아내리는 채소와 버터 향기를 퍼뜨리며 김을 발산하는 따뜻한 팬케이크가 나왔다.

성자와 악마는 거품이 이는 달콤한 능금주와 독한 포도주를 마셨으며, 각 코스가 끝날 때마다 오래 묵은 칼바도스로 소화를 시켰다.

잔뜩 먹고 마신 악마는 건드리기만 해도 변이 나올 정도로 배가 몹시 거북해졌다.

그때 성 미카엘이 벌떡 일어서며 벽력같이 소리쳤다.

“내 앞에서! 내 앞에서, 이 천한 것이! 네가 감히… 내 앞에서….”

사탄은 황급히 도망쳤고, 성자는 몽둥이를 들고 뒤를 쫓았다.

그들은 천장이 낮은 방들을 가로질러 뛰어다녔고, 기둥 주의를 돌고, 공중 계단을 올라가고, 코니스(Corniche, 벽 앞면을 보호하거나 처마를 장식하고 끝손질을 하기 위해 벽면 꼭대기에 장식된 돌출 부분—옮긴이)를 따라 질주하고, 이무깃돌(성문 같은 데의 난간에 끼워 빗물이 흘러내리게 하는, 이무기 대가리 모양의 돌 홈—옮긴이)을 건너뛰며 쫓고 쫓겼다. 심하게 탈이 난 가엾은 악마는 성자의 거처를 오물로 더럽히며 도망쳤다. 그러다가 마침내 맨꼭대기 마지막 테라스까지 도달했다. 악마의 눈에 멀리 펼쳐진 광활한 만과 함께 그가 소유한 마을과 모래사장, 목장이 들어왔다. 악마를 뒤쫓아온 성자는 더 이상 피할 곳이 없는 악마의 등을 사정없이 내리쳤고, 악마는 허공에 날린 공처럼 높이 솟아올랐다.

투창처럼 하늘을 날아간 악마는 모르탱 마을 어귀에

털썩 떨어졌다. 이마의 뿔과 발톱이 바위에 깊이 박혔다. 악마의 추락이 남긴 흔적이 영원히 남게 된 것이다.

세상 끝까지 쫓겨나 불구가 된 악마는 절뚝거리며 일어섰다. 그리고 멀리 석양 속에 우뚝 서 있는 숙명의 성을 바라보며, 이 불평등한 싸움에서 자기가 언제나 패자일 수밖에 없음을 깨달았다. 그러고는 밭과 언덕, 계곡, 목장을 적에게 넘겨준 채 발을 질질 끌면서 먼 곳으로 떠났다.

이것이 노르망디의 수호성인 성 미카엘이 악마를 이긴 전말이다. 다른 민족은 이 싸움을 다른 방식으로 꿈꾼 바 있다.

옮긴이의 말

모파상(Guy de Maupassant)은 여전히 프랑스 사람들의 가슴에 살아 있다. 친근한 일상에서 각양각색 인간의 위약함과 허점, 위선을 특유의 재치로 그려내고 있기에 그러하다. 마치 독일에 괴테가, 영국에 셰익스피어가 살아 있듯이 말이다. 우리들은 '오랜 시간 동안 변함없이 사랑할 수 있을까?' 나 '행복을 어떻게 정의할 수 있을까?' 와 같은 지고한 사랑이나 행복에 관해 오늘날에도 끊임없이 이야기한다. 이 주제는 바로 모파상의 소설의 주제이기도 하다. 삶에 대한 열정을 가졌던 그는 자신의 글을 통해 "우리의 인생이란 남들이 생각하는 것처럼 그렇게 행복한 것도 불행한 것도 아니다"라고 이야기하고 있다. 황혼녘의 우수가 사람들의 어조를 느릿하게 만들 때 우리는 이 주제에 대해 새삼 동요되어 이야기하며 마음을 어지럽히는 추억에 빠져들기도 한다.

번역일로 다시 만나게 된 모파상의 글은 내게 생생한 지난날의 추억을 돌아보게 했다. 마치 프루스트의 《잃어버린 시간을 찾아서(À la recherche du temps perdu)》에서 어느 추운 겨울날, 마르셀이 홍차에 마들렌 과자를 적셔 먹는 순간 극도의 희열감에 빠져, 죽은 듯이 보였던 콩브레의 레오니 숙모네 집에서 보낸 어린 시절의 기억에서 마을 주변에 뻗은 두 산책로의 기억이 기적처럼 되살아나듯 말이다.

대학 1학년 때 옆 학교 연극반에서 공연하던 〈비곗덩어리(Boule de suif)〉를 보며 인간의 위선과 양면성, 근시적 안목 등을 주제로 토론을 벌였던 기억, 몽생미셸을 '돌로 만들어낸 불꽃놀이, 화강암으로 짜놓은 레이스, 거대하고도 섬세한 걸작 건축물'로 묘사한 〈몽생미셸의 전설(La légende du Mont-Saint-Michel)〉에서 몽생미셸 성당으로 오르는 좁은 골목길과 넓디넓은 해안, '풀라르 어머니(Mère Poulard)' 식당의 오믈렛 등 그의 글을 읽으며 감미로운 행복감을 느끼기도, 심각한 후회로 가슴이 무거워지기도 한다. 이는 오직 나만의 특별한 경험은 아닐 듯싶다.

모파상의 글의 주인공들은 바로 나와 내 주변의 사랑을 이야기하고, 우리 모두의 삶의 단상을 보여주기 때문이다. 뛰어난 통찰력으로 인간의 본질에 대해 신랄하게 조명한 그의 글은 우리 모두 한 번쯤 겪었을 법한 이야기이기에 우리는 더 큰 감동을 받고 오랫동안 행복하기도 한 것이다. 이것이 바로 모파상 소설의 매력이자 그의 위대함이 아닐까 싶다.

최내경

작가에 대하여

생애

사실주의의 대표적 작가의 한 사람인 기 드 모파상(Guy de Maupassant)은 노르망디의 미로메닐 출생이다. 아버지 귀스타브 드 모파상은 로렌 지방 가문 출신인데 18세기부터 노르망디 지방에 정착했다. 어머니 로르 르 푸아트뱅의 오빠가 플로베르의 절친한 친구였다. 모파상의 부모는 계속되는 불화로 인해 1860년 헤어졌고, 모파상은 어머니, 동생과 함께 노르망디의 에트르타에서 자란다. 1868년 루앙에 있는 고등학교에 들어갔고, 자주 플로베르의 집을 방문하면서 그의 가르침을 받게 된다. 플로베르는 모파상을 졸라, 위스망스, 도데 등 당대의 위대한 문인들에게 소개한다. 1869년부터 파리에서 법률 공부를 시작하였으나, 1870년에 프로이센-프랑스 전쟁(보불전쟁)이 일어나자 학업을 중단하고 군에 지원 · 입대하였다. 전쟁 후에 심한 염전사상(厭戰思想)에 사로잡혔는데, 이것이 문학 지망의 결의를 굳히는 동기가 되었다.

1872년 아버지의 도움으로 해군성, 문부성에 취직, 생계를 유지하면서 어머니의 어릴 때부터의 친구인 귀스타브 플로베르에게서 직접 문학 지도를 받았다. 1874년 플로베르의 소개로 에밀 졸라를 알게 되었고, 또 파리 교외에 있는 졸라의 저택에 자주 모여 문학을 논하던 당시의 젊은 문학가들과도 사귀었다.

1875년 처음으로 지역신문에 단편 「박제된 손」을 발표한다. 1880년 졸라는 모파상, 위스망스 등을 포함한 6명의 젊은 작가들이 쓴, 프로이센 · 프랑스 전쟁에서 취재한 단편집 『메당의 저녁 나절들(Les soirée de Médan)』을 간행한다. 메당은 졸라의 저택이 있던 곳으로, 이곳에 모인 6명의 문인 중 위스망스는 작품집 이름을 『희극적 침략(Invasion comique)』으로 하자고 제안했지만 당시 평단을 의식해서 『메당의 저녁 나절들』이라는 중성적 이름을 택하게 된다. 모파상은 여기에 「비곗덩어리」를 실어 날카로운 인간 관찰과 짜임새 등에서 어느 작품보다도 뛰어나 사람들의 주목을 끌었으며, 문단 데뷔를 확고히 하였다.

1883년에는 장편소설 『여자의 일생』을 발표하였는데, 이 소설은 선량한 한 여자가 걸어가는 환멸의 일생을 염세주의적 필치로 그려낸 작품으로서 그의 명성을 높였을 뿐 아니라, 플로베르의 『보바리 부인』과 함께 프랑스 사실주의 문학이 낳은 걸작으로 평가되고 있다.

모파상의 재능을 인정하면서도 그의 단편에 나타나는 외설적인 묘사가 지나치게 자연주의적 경향으로 흐르고 있음을 못마땅하게 여기던 톨스토이도 이 작품에 대해서는 찬사를 아끼지 않았다. 모파상은 이미 27세경부터 신경질환을 자각하고 있었으나, 이러한 증세로 고통을 겪으면서도 불과 10년간의 문단 생활에서 단편소설 약 300편, 기행문 3권, 시집 1권, 희곡 몇 편, 그리고 『죽음처럼 강하다』(1889년), 『우리들의 마음』(1890년) 등의 장편 소설을 썼다.

다작으로 인한 피로와 복잡한 여자관계로 지병인 신

경질환이 더욱 악화되어 1892년 1월 2일 니스에서 자살을 시도하기까지 하였다. 그 후 파리 교외의 정신병원에 수용되었다가 정신 발작을 일으켜 이듬해 7월 6일 43세의 나이로 삶을 마쳤다.

『비곗덩어리』를 발표하여 문단에 혜성같이 나타난 모파상의 작품은 되도록 주관을 배격하여 사실 그대로의 인생 모습을 허식 없이 간결한 문체를 많이 사용한 것이 특징이었다.

작품 세계

그의 작품은 일반적으로 표면적 · 물질적이어서 깊은 정신면이 부족하다고 하지만, 무감동한 문체를 통해서 일관한 감수성과 고독감은 인생의 허무와 싸우는 그의 불안한 영혼을 나타내고 있다.

모파상의 작품들에는 몇 가지 특징이 있다. 무감동적인 문체의 사용, 이상 성격자나 염세주의적 인물의 등장 등이다. 이러한 특징은 모파상 자신의 생애와 아주 무관하지는 않아 보인다. 그는 환상 단편들처럼 복잡하고 기이한 인생을 살았는데, 27세에 이미 신경질환을 자각하고 있었다고 한다. 그의 이야기에서는 전체적으로 이상한 고독감을 느낄 수 있는데, 예를 들어 환상 단편 『오를라』의 등장인물이 겪는 고독과 불안, 그리고 그런 심리 상태를 형상화한 문체가 비단 등장인물만의 것이 아니라는 점을 엿볼 수 있다.

약간의 거리를 둔다

소노 아야코의 에세이. "좋아하는 일을 하든가, 지금 하는 일을 좋아하든가" "인생은 좋았고, 때로 나빴을 뿐이다" "자기다울 때 존엄하게 빛난다" 등등 정말 맞는 말이라 무릎을 치게 만드는 조언들, 어이없을 정도로 간단하지만 감히 뒤집어볼 엄두조차 내지 못했던 삶의 진리들이 가득하다. 객관적 행복을 좇느라 지친 영혼을 위로하는 책으로 '나' 자신을 속박해온 통념으로부터 벗어나 나답게 사는 삶으로 터닝할 수 있도록 이끌어준다. 9900원.

매경 · 교보문고 선정 "2017년을 여는 베스트북"
예스24 선정 "2017년 올해의 책"

타인은 나를 모른다

베스트셀러 《약간의 거리를 둔다》의 작가 소노 아야코가 전하는 '관계로부터 편안해지는 법'. 짧지만 함축적 언어로 인생의 묘미를 표현하는 소노 아야코식 글쓰기가 돋보이는 책으로, 타인과 나는 다르며, 또 절대 같아질 수 없음을 상기시킨다. 이를 통해 타인으로부터의 강요는 물론, 나의 생각을 받아들이지 못하는 상대로 인한 스트레스로부터 편안해지는 기본기를 다져준다. 9900원.

남들처럼 결혼하지 않습니다

소노 아야코의 부부 심리 에세이. 부모의 불화 속에서 자란 저자가 아나키스트 부모 밑에서 자란 남편을 만나 완전히 상반된 부부상을 경험하면서 깨달은 결혼의 본질과 배우자 선택에서부터 성격 차이, 대화, 바람기, 배우자의 가족 등등, 부부가 되어 겪는 다양한 갈등에 대한 이해를 담았다. 10,900원.

조그맣게 살 거야

미니멀리스트 진민영 에세이. 외형적 단순함을 넘어 내면까지 비우는 삶을 사는 미니멀 라이프 예찬론. 군더더기를 빼고 본질에 집중하는 삶을 통해 '성공이 아닌 성장', '평가받는 행복이 아닌 진짜 나의 행복'으로 관점을 바꿔준다. 11,200원.

아버지 가방에 들어가실 뻔

파리를 100번도 더 가본 아트여행 기획자인 아들이 오랜 원망의 대상이었던 아버지와 함께 떠난 단 한 번의 파리 여행을 계기로, 아버지를 이해하게 되고 나아가 가족 내 상처 치유와 관계 회복은 물론, 20여 년 간 일해온 여행업에서도 다시금 맥락을 잡아가는 기적과 같은 변화를 담고 있다. 이를 통해 진정한 '나다운 삶' 이란 상처와 조우하는 용기와 언제나 내 편이 되어주고 묵묵히 바라봐주는 가족에 기반함을 전한다. 13,000원.

옮긴이 최내경

전문번역가. 이화여자대학교 불어불문학과를 졸업했다. 서강대학교에서 불어학 석사학위와 박사학위를 받았다. 지금은 서경대학교 교수로 재직중이며, 서강대학교 등에서 프랑스어와 프랑스 문화에 대해 강의를 하고 있다. 지은 책으로는《고흐의 집을 아시나요》《어느 일요일 오후》《바람이 좋아요》《À la rencontre des Français et des francophones》《프랑스어학개론》《Alain et Pauline》《몽마르트르를 걷다》 등이 있다.
옮긴 책으로는《목화의 역사》《행복》《사서 빠뜨》《비곗덩어리》《별》《어린 왕자》《여자의 사랑이 남자를 바꿀 수 없다》《부자뱅이, 가난뱅이》《샤를 페로가 들려주는 프랑스 옛이야기》《인상주의》《나는 죽을 권리를 소망한다》《사랑할 땐 사랑한다고 말하자》 등이 있다.

파리에서의 정사 / 쥘 삼촌 / 아버지 / 몽생미셸의 전설

1판 1쇄 인쇄 2018년 6월 30일
1판 1쇄 발행 2018년 7월 10일

지은이 모파상
옮긴이 최내경
펴낸이 김현정
펴낸곳 책읽는고양이 / 도서출판리수

등록 제4-389호(2000년 1월 13일)
주소 서울시 성동구 행당로 76 110호
전화 2299-3703
팩스 2282-3152
홈페이지 www.risu.co.kr
이메일 risubook@hanmail.net

ISBN 979-11-86274-37-8 03860

※책값은 뒤표지에 있습니다.
※잘못 제본된 책은 바꾸어 드립니다.
※이 도서의 국립중앙도서관 출판시도서목록(CIP)은 서지정보유통지원시스템 홈페이지(http://seoji.nl.go.kr)와 국가자료공동목록시스템(http://www.nl.go.kr/kolisnet)에서 이용하실 수 있습니다. (CIP제어번호 : CIP2018017312)